Copines de piscine

Une histoire de Camille Masson,
illustrée par Marygribouille

1

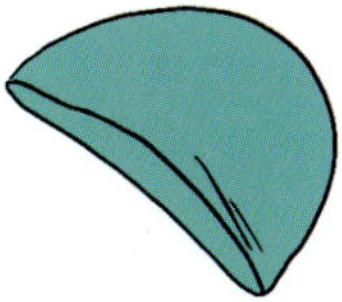

Chapitre 1

Près du bord de la grande piscine, Zoé **fait la fière**. Elle se prépare à sauter alors qu'elle **n'a pas pied** ! Et elle n'a même pas peur. Normal, c'est elle la meilleure !

Nager la brasse ? Elle sait faire ! Ouvrir les yeux sous l'eau sans lunettes ? Facile ! Faire une galipette sans respirer ? **Les doigts dans le nez** !

Zoé se concentre, plie un peu les genoux, et saute.

– Ouaaah ! s'exclament tous les élèves.

Tous sauf Lia, qui en a marre de voir Zoé sauter, nager et faire des galipettes sans respirer. Elle la regarde faire un gros **splash** dans l'eau et, tout à coup, elle sent une grande colère lui serrer la poitrine.

Alors, pendant que le maître nageur regarde ailleurs, Lia tend un bras et appuie sur la tête de Zoé pour l'empêcher de remonter.

Discrètement. Pas longtemps.
Juste une petite seconde
de rien du tout. Ça lui apprendra,
à cette mademoiselle je-sais-tout !

Chapitre 2

En rentrant chez elle, le soir, Zoé raconte à ses parents que quelqu'un a voulu la couler.

— C'était sûrement un accident, la rassure son père. Un de tes camarades devait être près de toi quand tu as voulu remonter, et il t'a gênée.

À vrai dire, Zoé ne sait pas ce qui s'est passé, et c'est bien ce qui l'effraie. Elle qui aime tellement l'eau n'a plus du tout envie de sauter. Ni de nager. Ni même de **barboter**.

En fin de matinée, le lendemain, elle est pourtant bien obligée de retourner à la piscine avec sa classe. En enfilant son maillot de bain dans les vestiaires, elle sent une boule monter dans son ventre.

Plus Zoé approche du bassin, plus ses genoux tremblotent et son cœur s'accélère. Et, quand le maître nageur lui demande de **faire une longueur**, elle éclate en sanglots. Elle a tellement peur qu'elle ne veut plus jamais aller dans l'eau !

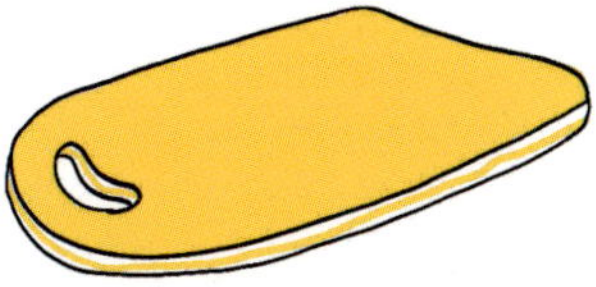

Chapitre 3

Le maître nageur et la maîtresse
de Zoé l'entourent et la réconfortent.
Zoé leur raconte alors ce qui
lui est arrivé la veille.
— J'ai eu peur de ne plus pouvoir
remonter et de me noyer.
Je crois que je ne sais
plus nager !

— Tout est ma faute, murmure alors une petite voix.

C'est Lia, qui s'avance vers eux, toute **penaude** et les larmes aux yeux.

— Pardon, chuchote-t-elle à Zoé. Je ne me suis pas rendu compte de ce que je faisais. J'étais jalouse de toi parce que tu sais tout faire, alors que, moi, je ne sais pas nager, même quand j'ai pied !

Maintenant qu'elle sait ce qui s'est vraiment passé, Zoé sent la boule de son ventre s'envoler.

L'après-midi, à la récré, Lia sanglote encore dans son coin. Elle a été punie par la maîtresse, et, depuis que les élèves savent ce qu'elle a fait, plus personne ne veut jouer avec elle.

Mais Zoé se sent triste pour elle.
Parce qu'elle sait maintenant
ce que ça fait d'avoir peur de l'eau.

— Demain, je pourrai t'aider à nager si tu veux, propose-t-elle à Lia. J'ai mis du temps à apprendre les bons mouvements, je peux te donner mes techniques secrètes.

Lia la regarde avec un grand sourire, et accepte avec plaisir. Elle ne sent plus de colère lui serrer la poitrine. Mieux encore : elle vient de trouver une copine de piscine !

Fin

Cette histoire t'a plu ?
Je te propose de jouer
maintenant avec
les personnages.

Tu es prêt(e) ?

C'est parti !

Si tu en as besoin,
tu trouveras les solutions
page 32.

Retrouve dans ce tableau tout ce que tu as compris de l'histoire que tu viens de lire.

Quels personnages ?	 Lia	 Lou	 Zoé
À quel moment ?	 En cours de natation	 En cours de maths	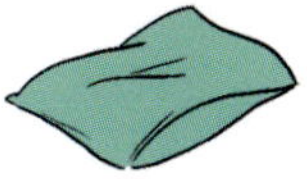 Pendant la sieste
À quel endroit ?	 À la plage	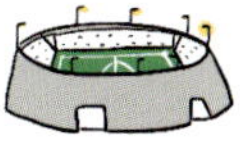 Au stade	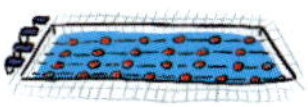 À la piscine
Quel genre ?	 Un roman réaliste	 Un roman policier	 Une pièce de théâtre

As-tu bien lu l'histoire ?

Réponds par *Vrai* ou *Faux* à ces affirmations.

1. Au début de l'histoire, Lia et Zoé sont amies.

2. Lia sait très bien nager.

3. Zoé a peur de retourner dans l'eau parce qu'elle a coulé.

4. Zoé est jalouse de Lia.

5. À la fin de l'histoire, Lia et Zoé sont amies.

Remets les images
dans l'ordre de l'histoire.

A

B

C

D

E

Qui a dit quoi ?

Avec ton doigt, relie chaque personnage à sa bulle.

Zoé

Lia

Le papa de Zoé

1 **C'était sûrement un accident.**

2 **J'ai mis du temps à apprendre les bons mouvements.**

3 **Je ne sais pas nager, même quand j'ai pied !**

Pour découvrir le surnom que Lia donne à Zoé, place ton livre devant un miroir.

Trouve l'ombre correspondant à l'image.

Quel élément n’appartient pas à l’image ?

Pour t’aider, tu peux aller voir en page 10.

Solutions des **jeux**

Page 25 : Quels personnages ? Lia, Zoé.
À quel moment ? En cours de natation.
À quel endroit ? À la piscine.
Quel genre ? Un roman réaliste.

Page 26 : 1. Faux ; 2. Faux ; 3. Vrai ; 4. Faux ; 5. Vrai.

Page 27 : B, C, A, E, D.

Page 28 : Zoé 2 ; Lia 3 ; le papa de Zoé 1.

Page 29 : Mademoiselle je-sais-tout.

Page 30 : L'ombre B.

Page 31 : Le cartable.

La mascotte « Milan Benjamin » a été créée par Vincent Caut.
Les jeux sont réalisés par l'éditeur, avec les illustrations de Marygribouille.

Mise en pages : graphicat

1, rond-point du Général-Eisenhower, 31101 Toulouse Cedex 9, France
editionsmilan.com

Dépôt légal : avril 2021 • ISBN : 978-2-4080-2330-0
Achevé d'imprimer au 2e trimestre 2021 en Espagne par Egedsa

Plus d'informations sur la fabrication de nos livres :
editionsmilan.com/comment-fabriquons-nous-nos-livres